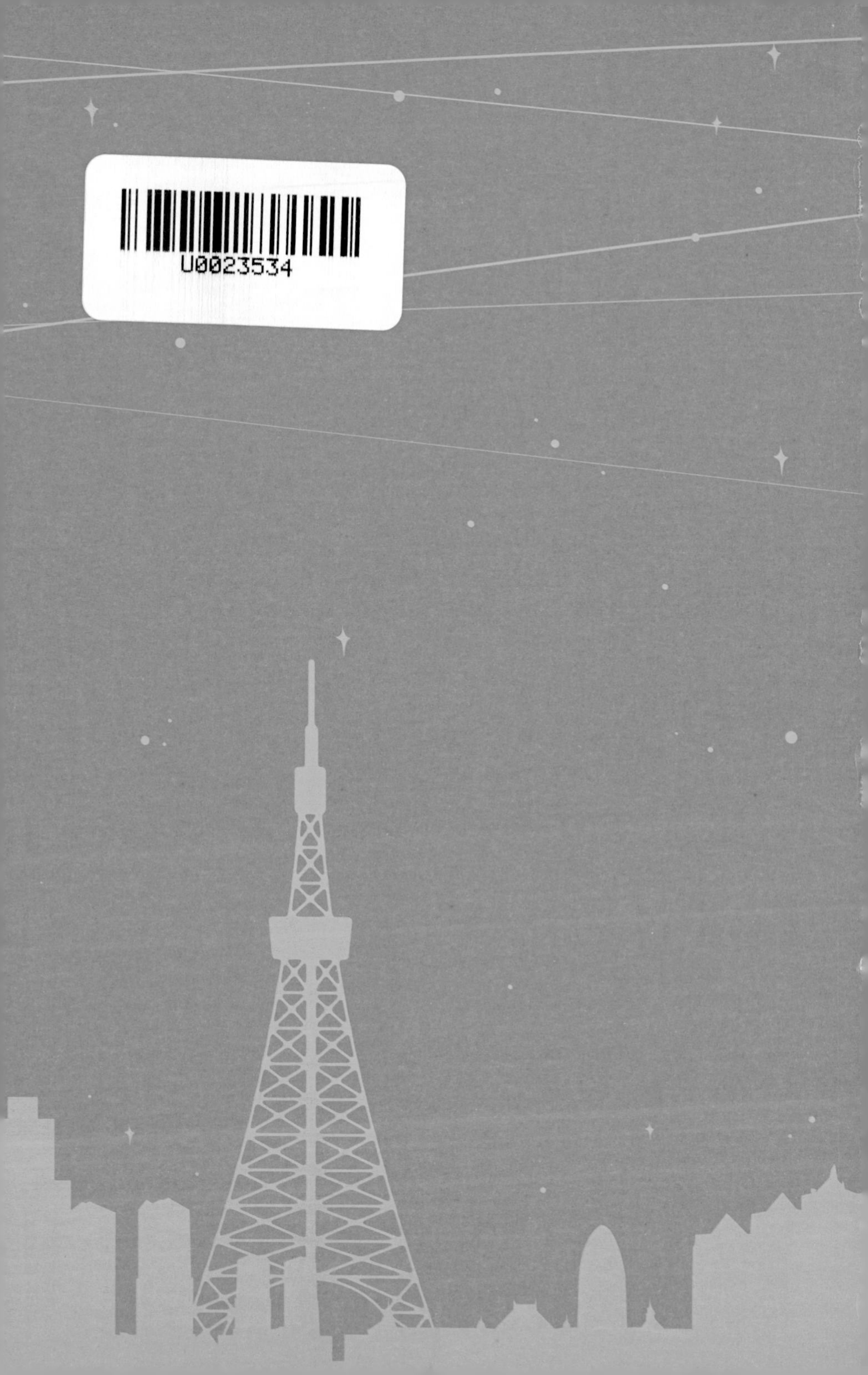

U0023534

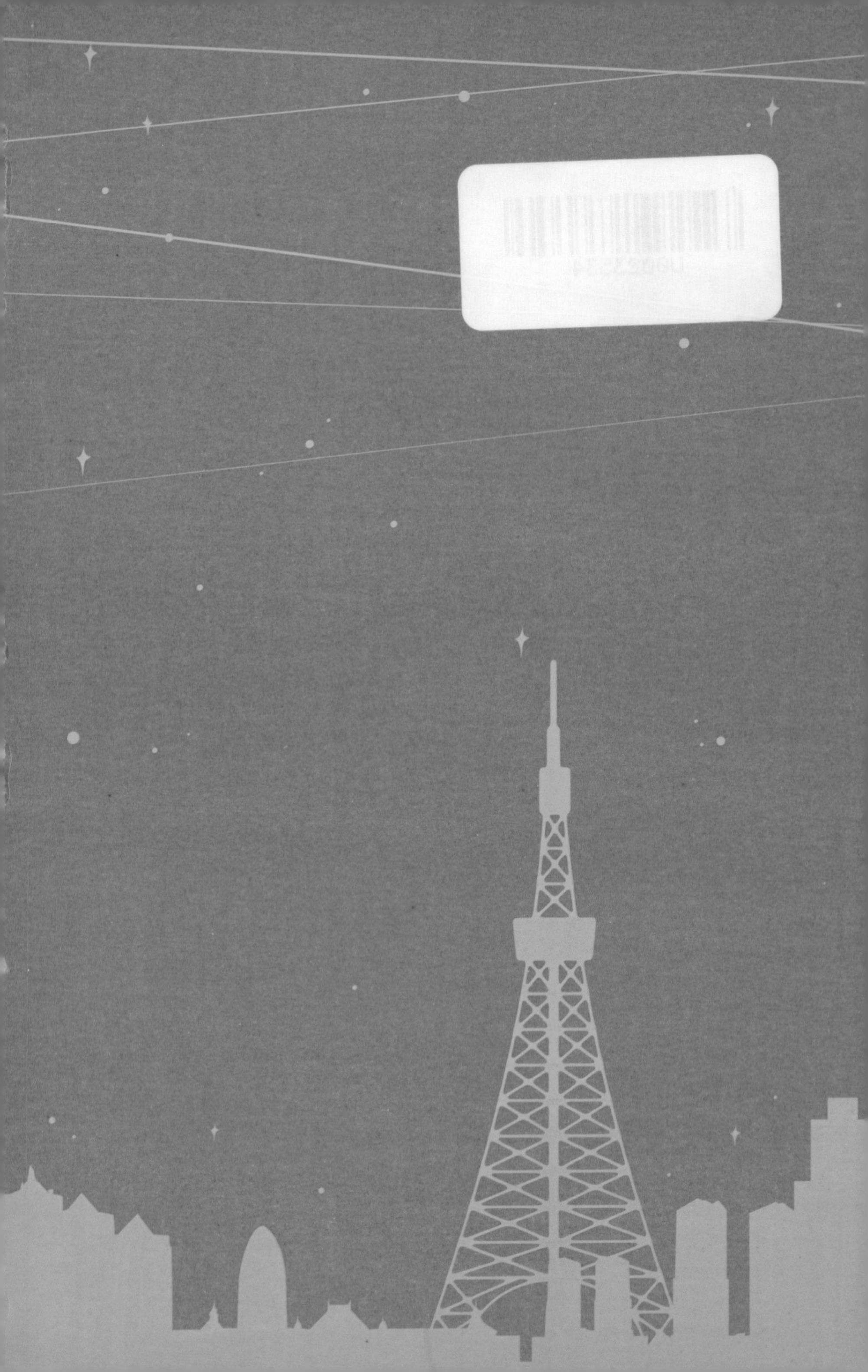

東京白日夢女 2

東村明子

每天晚上都在女子會⋯
居然還能有這樣的因緣際會⋯
這樣跟男人共度一夜。
看來老天是要告訴我⋯
我的人生還沒糟到一無可取吧。
喂⋯⋯
難道說你在緊張嗎？

HIBUYA

ACT
5
戰線離脫女

東京白日夢女

ぱちっ
ぱちっ（PaChi）：睜開貌
ガバッ
ガバッ（GaBa）：猛然起身貌
シーン（SiiN）：寂靜無聲貌

……
人呢……
ゴゴゴ
慘了。
我不知道再來該怎麼辦。
ボー。
ボー（Boo）：放空貌
ゴゴゴ（GoGoGo）：火車行進聲

ガタン
ゴトン
………
難道…
ガタン
ゴトン
那是一場夢嗎？
夢…
ガタンゴトン（GaTaNGoToN）：火車行進聲
幹嘛？
你都幾歲了，有什麼好緊張的啊？
ザワザワ（ZaWaZaWa）：騷動聲　ビクッ（BiKu）：心驚貌　ゴン（GoN）：撞牆聲
那不是夢啊啊啊啊啊！
ゴン
ビクッ
ビクッ
ザワザワ
搞…
…嗯，
不會錯………
搞上…

上
了
雖然我喝醉了，但我肯定我跟那傢伙……
上床了
サッ（Sa）：動作迅速貌
サッ
ダダダダ
ダダダダ（DaDaDaDa）：打字聲
我上了
我搞上了
ガク
ガク
ガク（GaKu）：發抖貌

ダダダダ（DaDaDaDa）：打字聲

ドン（DoN）：咚

倫子，你說的真的是真的嗎…!!
真的是真的…
喔，怎麼啦怎麼啦？
你養的小烏龜死掉了嗎？
才不是啦！是她昨晚在溫泉跟超年輕帥哥模特兒上床了啦!!!
都33歲了誰會養小烏龜啊！
哇，阿香…不要那麼大聲啦！
啊啊…
是啊！她偶爾也會跟男人上床，不行嗎!?

フン（FuN）：哼

上…
什麼!?
太下流了！別說了…
然後咧!?
你打算怎麼辦？
啊？怎麼辦……呢…
ガシャン（GaShaN）：打翻物品聲　カアアア（KaAAA）：臉紅貌
要跟他交往嗎？

呃…
能跟他交往…
嗎？
咦？
……
奇怪？
難道不…
交往嗎？
怪了？
怎麼了？
通常到了這一步，一般都是要交往才對吧？
男人跟女人…
難道不是這樣嗎？
這樣不就是已經在一起了嘛？
話説，他有跟你説「在一起吧」之類的嗎…
什麼都沒説。
我醒來他就不見了。
……
有沒簡訊？留LINE？
都…
都沒有…
他完全沒聯絡…
也沒辦法聯絡他……

……
咦──……？
順道一提……
起頭是因為……
他說「用身體跟我換工作」……
然後……
就……
……
……
啥？
啥!?
ガタ
用…身體換!?
你說什麼啊？
是誰跟誰用啥換工作啊！
是說……
我該……
怎麼辦呢？
具體的……
接下來該怎麼行動？
該怎麼走？

ガタ（GaTa）：桌椅碰撞聲

我該怎麼辦？
都是因為我總泡在女子會，
才會不知道再來應該怎麼走。
話說回來，連這種情況到底是八字有一撇還是沒有，我也搞不清楚。
那真的是用身體換工作嗎？
只是想逗逗年紀比他大的女生，
所以根本沒辦法走下一步。
抑或只是他一時興起？
抑或只是單純在玩弄我？

モゾ
モゾ
倫子小姐。
那不是玩弄你哦白白。
むくっ
プルン
沒錯肝肝。
咦…
不，那只可能是他在玩弄我吧…
早上起來就不見，之後完全沒有聯絡…
……
聽好白白。倫子小姐…
年輕帥哥才不會選個33歲的女人來玩弄啦白白!!
カッ
就是呀肝，他真要玩弄會選個更年輕又不會沒事糾纏，早習慣這檔事的年輕女模啊肝肝!!
…這樣嗎？那…怎麼？真的是要我用身體去換…
說過多少遍了，倫子小姐的肉體是換不到任何工作的白白！
就算哪天他成為超人氣名模可以隨心所欲，他也不會因為跟倫子小姐上過床就指名讓你當編劇的肝肝！
那，是怎樣…為什麼…
ブツ ブツ…
老闆，我要蘇打威士忌！
我要生啤!!
為什麼…

プルン（PuRuN）：Q彈狀　むくっ（MuKu）：猛然起身貌　モゾ（MoZo）：爬行鑽出貌

カッ（Ka）：突然一閃貌

ブツブツ（PuTuPuTu）：碎唸貌

為什麼⋯要跟不年輕⋯也不漂亮的我⋯⋯
沒有什麼權力⋯
工作也每況愈下⋯
他是為什麼⋯專程跑到箱根⋯
搭計程車跑來找我⋯⋯
⋯倫子小姐⋯⋯
フッ（Fu）：哼
其實你自己很清楚吧阡阡？
明明跟你上床一點好處都沒有，
為什麼他還是跟倫子小姐上了床呢白白？
為什麼他會對倫子小姐那麼主動呢？
寫了那麼多戀愛劇的倫子小姐理當很明白吧白白？
難道⋯⋯
那是因為⋯
沒錯白白⋯

他愛上⋯
他一時昏頭了白白。
倫子小姐，你聽好了白白。
那只是他一時昏頭啦白白。
畢竟喝了酒。
一時⋯昏⋯？
男人就是這樣白白⋯
而且昨天晚上他喝了不少日本酒啊肝肝。
醉了一時昏頭於是上了床。
就只是這樣白白。
除此之外什麼都不是白白。

男人有時候也
會有這種夜晚
呀白白。
ピタ
カッ
カッ
ザァッ（Zaa）：沙沙
ピタ（PiTa）：停下靜止
カッ（Ka）：腳步聲
ザァッ

Sawada
對不起，我來遲了。
下個月我也會來的。
再見。
Sawada

無話可說。
要說是一時昏頭才會跟我上床，我也無話可說。
246
結果那傢伙還是沒來…
不，我才沒等他！沒在等啦!!
唉，她真的喝太多了…
嗝呃
…搞不好他不會再來了…我家的店。
咦？
因為尷尬嗎？
如果是這樣，他真是最爛的渣男！

哎呀呀……
想不到倫子會被那種小鬼玩弄……
ぐでん ぐでん
……不過啊……
總比什麼都沒有好吧!?
嗯……
我不要。
要是被男人睡了就走的話，我寧可什麼都沒有還比較好。
什麼啦！
要是這樣想，小雪你以後人生就是一片空白啊！
ぐでんぐでん（GuDeNGuDeN）：醉到失去意識貌
有點什麼總之還算好。
什麼都沒有還比較好。
總比完全不被人當作一回事來得好。
一夜情對象至少是個帥哥已經夠好。

我的長相身材都比那邊那個女的好。
想做的工作也能夠維持生計就很好。
雖然現在已經33，但是比起過了40歲的單身女……
絕對好多了。
但是，就算細數再多的「好」，我的人生也一點都不幸福。

不管說再多好或不好…
也比不過獨一無二的那一個…
是啊。
我們想要的其實很清楚。
老套到難以說出口。
理所當然的字眼。
很簡單的一個字。
很遺憾地，那應該就是…
「愛」這個字。

男人就算心中沒有愛，也可以做那檔事。
縱使是女人也有很多那種人，
這些我都很清楚。
可是…
昨晚的我。
雖然只是短暫一瞬間，
但我真以為自己得到了愛。
如果我再更年輕一點的話…
更年輕貌美更能配得上他的話…
結果我終歸只是一個做白日夢的傻女人。

就算你說～我～是～
傻～女～人～～～
那誰的歌啊？
宮史郎的…
『單戀酒』。我老爸常唱這首歌。
難～忘～的～～～戀情才這樣～
チャラリ～ン
『單戀酒』
我並不是因為愛喝在喝酒
蔥花
這是一個人孤單的單戀酒
就算明知你習慣出入花叢
仍然是聽到你的消息就想要見你
滿口謊言～
討厭～
是真的啦真的
你真的是我的菜
鮟鱇魚肝
好辛酸～～
好辛酸～～～
アハハヤダ～

チャラリ〜ン（ChaRaRiN）：音樂聲

アハハヤダー：啊哈哈討厭啦

チャラリラリ～
じっ
荒れた
在這荒唐
生活の
生活持續的今日
今日この頃は
たれ～あ～
慘了。
這歌詞真貼切，
ようほど
みれんが
みに～
感覺整個就是在說我們啊。
酔うほど未練が
令人只能醉的不捨透心頭
身にしみるのよ
怎麼說…最近感覺演歌的歌詞比流行歌更貼近我們哪。
同意。
聽『想見你啊想見你而渾身發抖』沒什麼感覺。
『一見杯影想到你就偷哭』就很有感觸。
看來我們也來到這種年紀了……
……
……
倫子…該怎麼辦啊。
沒有怎麼辦吧。
她根本無路可走吧。
對方可是藝人啊？模特兒啊？
搞不好他就是熟女控啊!!
不然為什麼要跟她上床？
ウィー
ドボドボ

あれた～ようほどみれんがみに～：唱歌聲　チャラリラリ～（ChaRaRiRaRi）：音樂聲　じっ（Ji）：凝視貌

ウィー（Uii）：酒醉呻吟聲　ドボドボ（DoBoDoBo）：液體倒入容器貌

不過，那種人真是…
阿杉以前不是說過，男藝人都把一般女性當作用過就丟的面紙…
可是我反而有點羨慕她耶…
ずん
咦？
羨慕她被藝人上嗎？
才不是那個啦！
看到倫子方寸大亂的樣子，讓我覺得還滿羨慕……
グビグビ
跟她相比…
我最近…
應該說最近幾年…
什麼都沒有啊……
的確…
該說是完全沒有心動時刻，或說…
只是每天看『花邊教主』的DVD就覺得動心……
…但我還是覺得如果要像她，寧可什麼都沒有比較好。
咦。
もしゃもしゃ
都這年紀了，我不想過得那麼痛苦。
寧可單身還比較好。
我不要！
人家要想談戀愛！
人家想談個讓人心如刀割的戀愛！想要談個死也瞑目的戀愛！
好吧，今天就當是演歌日。

阿杉：おすぎ（OSUGI），電影評論家
ズン（ZuN）：重物重壓聲
グビ（GuBi）：大口飲用貌
もしゃもしゃ（MoShaMoSha）：猛吃貌

♪あまぎ～ごおおおええ～～
酒処
びくっ
……
唉呀。
……
我好像來晚了。
抱歉抱歉！今天客人大家都比較早回去！
所以想早點打烊！
她們幾個去唱KTV了！
啊。她們有來嗎？
有來有來！
還…喝得很高興！
ガラ
喂！小兄弟!!
哇啊！阿山你還在啊!?
你剛才在廁所嗎!?

あまぎ～ごおおおええ～：唱歌聲。石川小百合的《越過天城》

びくっ（BiKu）：心驚貌

ガラ（GaRa）：開門聲

你這傢伙！
聽說你…你對小雪的妹妹頭朋友出手啦！
哇啊啊！阿山！別說了!!
哦…她連這種事都說嗎？
你要怎麼負責啊！
如果她是處女的話！
你要娶她以示負責啊!!
對吧！老闆！
阿山!!男女之間的那個是人家的私事啦！
請問KTV在哪裡？
咦？你要去找她們嗎？
就在那邊的PESERA
我去看看她們。
スタスタ
手打ちそば
走了…
老闆！他是個男人！
他要娶那個妹妹頭負責……
這個世上還是有些怪人的…
居然會喜歡那種愛喝酒的老姑婆…
金毛！拜託你啦！
スタスタ（SuTaSuTa）：逕自走去貌

カラオケ ペセラ
嗚……
今天我請客!!
咦！這樣好嗎？謝啦。
バン
本週KTV人氣排行榜…第3名!!
ズッドドッ
嗯？
這首歌我好像有聽過…
ピク
ウィーーン
ウィーン（WiiN）：自動門聲

バン（BaN）：拍桌聲 ズンドドッ（ZuNDoDoN）：音樂節奏聲 ピク（PiKu）：小抖動

カッ（Ka）：腳步聲　　スッ（Su）：動作迅速貌

抱歉今天早上
我先走了，
我臨時想起來
有急事。
FRON
倫…倫子…
這是…
你…
你為什麼
知道…
我在…
老闆跟我說了。
有句話，
無論如何我都
想跟你說。
咦……
那個啊，
昨天晚上的事…

不要沒事到處跟人說好嗎？
所以說你們這樣不行啦，
只要有點小事就馬上女子會女子會，
閒著沒事就混在一起，吵死人了。
今天你們聊我的事，聊得很高興吧？
聊跟我上床的事……

你真的爛透了。
ドォン（DooN）：爆炸聲
くるっ（KuRu）：轉身貌
スタスタ（SuTaSuTa）：逕自走去貌
くるっ
別說是不知道下一步該怎麼走……
スタスタスタ
我們實在泡在女子會這溫水太久了……
ドォーン

ドォン
連戰場的規則都忘記了。
ドドドド
ドォン（DooN）：爆炸聲
ドドドド（DoDoDoDo）：砲擊聲
腳步顫抖動不了。
害怕受傷。
害怕被傷害。
害怕喜歡上人。
也許，我們已經無法上戰場了。

ACT 6 迴轉壽司女

嘟囔著沒有男人緣已經快10年。
ウィーン……
ウィーン（UiiN）：軌道機械音

もぐ
もぐ（MoGu）：咀嚼貌

わしっ
おすすめ
¥400

如果可以像這樣…
本季推薦壽司料這樣…
わしっ（OShi）：抓取貌　おすすめ：本日推薦

把適合我的帥哥放在盤子上轉過來給我就好了。
本日特選 公務員
主廚強推 一流企業
主廚強推 東大畢業！
本日特選 運動員
這樣我就會挑裡面薪水最高的吧。
來，午餐招待的湯。
跟我一樣缺男人的好友倫子，前幾天跟年輕帥哥模特兒上床的衝擊性事實。
究竟只是一夜情，還是會有什麼發展，我是不知道。

可是還能遇上男人，就比我好太多了。
本日のおすすめ アジ
哦？
這竹莢魚看起來好好吃……
ウィーン…
本日のおすすめ 特上うに
嗯？海膽也來了！
哇！好像很好吃，絕對要吃！
ウィーン（UiiN）：軌道機械音　特上うに：特級海膽　アジ：竹莢魚　本日のおすすめ：本日推薦
竹莢魚晚點再吃吧。再轉過來時還吃得下的話……
スッ
嗯？
這…怎麼會有既視感？
我是怎麼了？
ピロリーン
ピロリン（PiRoRiN）：手機聲　スッ（Su）：動作迅速貌
哦。今天的白日夢LINE還來得真早……
サッ
阿香～今天沙龍還有空檔嗎？
我想換個心情，幫我做指甲。
搞什麼，不是出動啊。
Nail Salon
サッ（Sa）：動作俐落貌

ずーん
……拜託幫我弄能讓心情好一點的快樂美甲……
倫子，你比我想像的還要消沈啊……
啊，的確啦。我想的確是身受重傷…
拜託…不要再提那件事了…
好好。那能讓你心情好的…來點檸檬黃如何？
不要！這樣我會想起那傢伙！
ガバ
哇！對不起！那我用相反的紫色好了！
ペタペタ
……
阿香你啊……

ずーん（ZuN）：沈重貌

ペタペタ（PeTaPeTa）：塗抹貌

ガバ（GaBa）：猛然起身貌

你為什麼沒跟那個玩樂團的結婚啊？
好久之前的事，別說了。
好久之前…咦？有那麼久嗎？奇怪。
ブンブン
跟早坂先生跟你告白的時間一樣，已經是10年前了啦!!
哇啊！
ブンブン（BuNBuN）：揮動貌
原來…我們那些愛與不愛的回憶…
是呀！大多都已經是10年前的事哪！你看有多恐怖！
雖然我也是最近才發現
♫タンタカタカ
哇啊！公司打來的！阿香，幫我接。
手沒辦法接
好好好。
ピッ
ピッ（Pi）：嗶
タンタカタカ（TaNTaKaTaKa）：手機鈴聲
你好，這裡是因為失戀而非常傷心的鎌田倫子。
混蛋，別胡扯！
不要亂講話
啊，不好意思。倫子小姐正在做指甲嗎～
我是倫子小姐的助理麻美～
有件急事一定要現在跟她本人確認才行～
請問我現在可以過去你那邊請倫子小姐快快確認一下，然後立刻回覆給對方嗎～
タタタ
タタタ（TaTaTa）：腳步聲

有個叫麻美的，說要過來這邊。
就是那個女生吧？早坂先生從你改追她…
ピ
才不是改追啦!!
應該說你可不要對她亂說話哦!?
くわっ
ピンポーン☆
哇！已經來了！
年輕女孩動作這麼快！
不，其實這裡離我公司超近的
ピンポーン（PiNPoN）：電鈴聲
くわっ（KuWa）：眼睜大貌
ピ（Pi）：嗶
ガチャ
抱歉！在倫子小姐做指甲時打擾！
ひょこっ
我常聽說阿香小姐的事…
ガチャ（GaCha）：開門聲
ひょこっ（HyoKo）：輕盈探出貌
初次見面~我是倫子小姐的徒弟麻美~
キャピ
ピキッ
你都說些什麼啊？
那個…33歲還跟爸媽住一起的……千金大小姐阿香小姐…
沒錯吧，
ピキ（PiKi）：碎裂聲
キャピ（KyaPi）：裝可愛貌
那倫子小姐，請你看這個~
…她才19歲啊……
真的只是小孩子……
跟涼涼剛開始交往的時候，也是和她差不多年紀。

阿香。
請跟我交往。
涼涼……

在諾斯德拉達姆斯預言的世界末日來臨之前，我想讓你知道我的心情。
バッ
我為你寫了一首歌。
『在地球的最後一天，天使來到一無是處的我身邊』
獻給你。
『在地球的最後一天，天使來到一無是處的我身邊』……
……
好…棒的…歌名…
現在，我在這裡唱。
只為你一個人唱。
欸…
ジャーン
♪OH！諾斯德拉達姆斯！告訴我吧！
你曾經想過在那個瞬間，你想跟誰在一起這件事嗎？
BABY
YEAH
ジャカ
ジャカ
♪OH！諾斯德拉達姆斯！我在那個瞬間，想跟她一起度過哦。
跟她一起的話，就算世界末日到來也沒關係！
MY ANGEL
AH～
ジャカ
ジャカ

バッ（Ba）：猛然動作貌

ジャカ（JyaKa）：音樂聲

ジャン（JyaN）：吉他和弦聲

世界末日沒到來。
當然東京也沒有毀滅。
東京オリンピック
恭喜東京贏得
開催決定
奧運主辦權
おめでとう!!
不只如此，居然還好像要再次於東京舉辦奧運會。
カッ
カッ（Ka）：腳步聲
然後轉眼間，我就33歲了。

結果跟涼涼談了5年戀愛之後分手。
之後我就再也沒見過他。
我從來沒考慮過跟窮樂團的歌手結婚。
我沒辦法成為那種力挺窮光蛋去追夢的女生。
啊⋯
又是那個MV⋯
BUMKEY'S
挺行的⋯
光是能在演藝圈成功，就很厲害了哪⋯⋯

如果涼涼在音樂這條路上成功的話……
如果跟這傢伙一樣年紀輕輕就能成名的話……
我八成已經結婚了。
ハッ
啊。阿香小姐！
剛才真是不好意思，跑去你店裡。
你看看！我買到爆米花了！今天排隊的人比較少。
タタタ
啊…現在流行的那個呀…
光腿……

ハッ（Ha）：嚇　タタタ（TaTaTa）：腳步聲

啊！BUMKEY'S！
那就是KEY演的MV吧。
阿香小姐，你喜歡BUMKEY'S嗎？
咦？
啊…說不上喜歡啦…
BUMKEY'S真的很棒哦。
這首歌現在超紅的～
他們每首歌的MV都是由KEY主演的，我原本是因為KEY才開始聽，最近覺得歌本身也超好聽的！
年輕女孩總是愛講自己的事。
我以前一定也是那樣吧。
……大概就醬。下次我再約你哦～
咦？
慘了…我完全沒聽她說什麼。
那就我跟倫子小姐要阿香小姐的LINE ID囉？
那訂好了我馬上就LINE你喔～
啊？
訂好啥？
啊！對了，請收下這一罐!!
サッ
什麼？
這樣好嗎？
好吃的話，我下次再去買哦！
再見～！
サッ（Sa）：動作迅速貌

雖然話多又吵
…唉…嗯…真
是個乖孩子…
早坂先生
真有眼光…
タタタ
我以前一定
也是那樣。
總是那樣
活潑。
目指せ!!：目標!!
タタタ（TaTaTa）：腳步聲
跟涼涼開始同居後，
有好一陣子我每天都
過得很開心。
就算沒錢也
沒關係。
只要有愛，
什麼困難都
可以度過。
相信涼涼靠著愛
的力量，會寫出
很棒的歌…
總有一天，會
讓武道館塞滿
歌迷。
目指せ!!
武道館
L-LE
可是過了好多年…
他的樂團還是
紅不起來。

不好意思。
ガチャ
我那邊從早上開始空調就怪怪的……
奇怪，這裡的冷氣好涼啊。
好熱——……
在當時工作的美甲沙龍同棟大樓裡面有間小型醫美，而我看上那裡的醫師。
……醫生嗎……
沒事跟他去吃吃飯……
喝一些喝不慣的紅酒搞得醉醺醺……
然後自然就那樣了。
之後他看到我的手機，
我們就玩完了。
常見的老套劇情。

ガチャ（GaCha）：開門聲

注意力被後來出現的
海膽吸引……
放棄拿下
竹莢魚。
可是……
仔細想想，其實
我也不是那麼喜
歡海膽。
卻已經太晚了。
如果是迴轉壽司，
沒拿下的魚料還
會再轉回來，
但現實世界中的
男人可不會。
倫子啊…
你還是…
絕對要拿下這
傢伙啊…嗯…

倫子小姐！總算敲定了！
前幾天跟你談的連續劇的企畫!!
わし
わし
是嗎？
むっしゃ
むっしゃ

わしわし（WaShiWaShi）：狼吞虎嚥貌　むっしゃ（MuSha）：食物塞滿口貌

太好了！敲定了！
恭喜你！倫子小姐!!
我們用紅茶來乾杯吧☆
敲定的是那個吧？『街頭閒談的魔鬼』吧？
むしゃ
是的!!將由「青汁膠囊」的「健康地球社」廣告贊助!!
…對了，另外那邊進行得怎樣了…
我被踢出去的企畫……
倫子小姐，你吃太多了。
わしわし
わし
呃……
那部嘛，已經開拍了…
進行的還算順利啦……
那部好厲害的~主題曲也確定由BUMKEY'S擔任演唱了呢~
謝謝你♡
咦。

是那首…那個…MV的…
ズン
一定超會造成話題的~不知他們會不會上音樂節目唱~
不過說來，BUMKEY'S不常上電視啊~
早坂先生，演唱會上會唱這首歌嗎？畢竟是新歌，應該會唱吧？
我覺得應該會，不然不會特地邀請劇組去看啊。
咦？
演唱會…你們要去嗎？
倫子小姐也要去吧？
也找BUMKEY'S歌迷的阿香小姐一起去，大家一起去吧!!
ポロ
啥？
為什麼事情會變成這樣？
我們自己也不知道啊！
酒処

ズン（ZuN）：重物重壓聲

ポロ（PoRo）：碎落貌

那小女生講話根本是外星話，聽了也不懂！
怎麼會變成你也要去演唱會呀？
……
也就是說……
你腦袋燒壞了啊！
那傢伙也會來嗎？
他也算劇組的人吧。
主演MV和網路劇的KEY帥……
ビクッ
ビクッ（BiKu）：心驚貌
哦……跟倫子上床的人要出席耶……
少在那說些五四三！
那啥樂團叫什麼來著，板金S？
他們那麼紅嗎？
是不是板金工人組成的樂團啊。
這樣的話我也想去。
鬼扯啥啊。
你要去嗎!?
因為會場在惠比壽雷奇特啊？
演唱會場地
那樣回家時可以去惠比壽橫丁逛逛。
キラーン
パァァァ
啊，那邊啊。
惠比壽橫丁那邊真的很讚哪。
有炸串有壽司應有盡有……
超過10家店吧？
陶醉
騙人！那裡我沒去過啊！
那就去吧。
嗯……可是……
キラン（KiRaN）：眼光一閃貌
パァァァ（Paaaa）：發光貌

…你啊…
我明白你前幾天被那傢伙戳得很沮喪……
可是啊，搞不好那傢伙是真的喜歡倫子，所以被你大嘴巴到處宣傳就生氣…
別說啦——！
グビグビグビグビ
ドン
カラッ
…對了。
你們知道嗎…？
我最近一喝醉就會出現幻覺…
咦？
那啥？
這東西…
還有這東西…
出現在我面前，還會講話…
而且…講的話都超狠毒…
鱈魚魚白跟豬肝？
嗚
啥？
倫子…你沒事吧？
各方面
話說回來，都是因為那傢伙叫我們白日夢女之後…

グビ（GuBi）：大口飲用貌　ドン（DoN）：咚　カラッ（KaRa）：空空如也貌

都是因為他說……我們是老用魚白豬肝當下酒菜做白日夢的白日夢女，我才會做這種白日夢……
到底要說幾次白日夢啊！
我受夠那個字眼了
這樣我們更該去惠比壽，吃點魚白豬肝之外的食物。
就這麼決定！
恵比寿駅
Ebisu Station
啊。這裡這裡！各位，快來這裡!!
負責相關人士報到
啊…這感覺真不錯，當個相關人士…
我絕對沒辦法站在都是年輕人的搖滾區!!
キョロ
キョロ

ズン（ZuN）：重物重壓聲

キョロ（KyoRo）：東張西望貌

倫子小姐別擔心，KEY先生今天一整天都要拍戲。
早上我在電話中不是說過了嗎……
我知道，不然我就不來了。
被惠比壽橫丁騙來
キャイ
哇啊…都是年輕人…
ワー
好恐怖啊。
アハハ
哇！超期待的！
キャー
ガヤ
ガヤ

ガヤ（GaYa）：群眾騷聲　キャー（Kya）：尖叫　アハハ（AHaHa）：啊哈哈　ワー（Wa）：哇　キャイ（KyaI）：歡笑聲

好久沒來這種地方了。
上次看演唱會是什麼時候啊，
我們三個一起去的。
啊，三個女生的團。
那團在成員都結婚後就解散了吧？
那邊的三位小姐!!
馬上要開始了，請趕快站起來！
一起炒熱氣氛！
呃……
我們就算了……
站著腳會酸……
膝蓋也會很酸……
那個角是什麼啊
年輕女孩看演唱會時……
都戴那種東西啊
ドドン
キャー
啊！
開始了！

キャー（Kya）：尖叫　ドドン（DoDoN）：咚咚

キャァァ（Kyaaaa）：
ワァァァァ（Waaaa）：歡呼
Yeah——！！
讓我們一起炒熱惠比壽吧——！！
ジャカ（JyaKa）ジャードンドン（JyaDoNDoN）：音樂聲

バ
ッ
哇啊！
站起來了！
バッ（Ba）：猛然起身貌
ワァァァァ（Waaaa）：歡呼聲
どん（DoN）：咚
どん
讓開！
哦哦，反應這麼大！
阿香還很年輕啊。
涼……
涼涼……
ワ
ァ
ァ
ァ
ァ

キャァァ
キャァァ（Kyaaa）：尖叫聲
盤子又轉到我面前了。
那叫什麼來著…名字會變的魚…
出…出…出世魚!!
竹莢魚變成鰤魚…
不，變成鮪魚回來了！
變成高級鮪魚腹肉回來了!!!
ジャカ（JyaKa）：音樂聲
ジャカジャカ
ワァァァァァ
這人跟爸媽一起住，都是媽媽在煮飯，所以對魚類一點常識都沒有白白。

出世魚：指隨著成長有不同名稱的魚，以鰤魚、沙丁魚、鱸魚為代表，但竹莢魚和鮪魚並不屬於出世魚

ドォン
BUMKEY'S
鮫島涼
様
ドォン（DooN）：咚
哇！可以去後台休息室，這可是相關人士的特權呢♡
要請他們簽名♡
きゃいきゃい
小雪！倫子！你們有遮瑕膏嗎？
ぬりぬり ぬりぬり
啥？我沒帶啊。
你幹嘛突然這麼拚啊。
阿香果然還是喜歡玩樂團的吧。
你不管幾歲都愛貼樂團。
不是!!
きゃい（Kyal）：歡喜嘻笑聲
ぬり（NuRi）：塗抹貌
也許你們不相信，可是我以前交往的男友…就是…這個板金啥的…的…
……吉他手啊！
ガクガクガク
……那…是啥意思？
我不知道他居然變得這麼紅…
不知道是因為他們不太上電視，還是我已經沒在關心所以不知道……
ガク（GaKu）：顫抖貌

這！就是今年最重要的…
バキィ
第・4・出・動!!!
冷靜一點！我們已經在這裡了！
你們在說什麼悄悄話呀～
我要咚咚敲門進休息室了哦～
キャピ☆
再等一分鐘啦小丫頭！
バキィ（BaKi）：物品折斷聲
キャピ（KyaPi）：裝可愛貌
怎麼做？怎麼做？
你打算怎麼做？阿香!!!
怎麼辦？
怎麼辦？怎麼辦？我該怎麼辦!!
總之就算說謊也要說「現在很幸福」!!
硬撐下去!!
沒錯，絕對別說出自己還住在家裡，每天早上跟媽媽一起看NHK的晨間劇!!
不…我…
沒辦法對涼涼說謊。
我剛才…看到……
涼涼剛才在舞台上彈吉他的樣子…

涼涼還跟那個時候一樣……
而我……
已經成了……
沒有問題的！以33歲來說，阿香還是看起來很年輕的！
至少在我們三個裡，你是最年輕也最漂亮的！
取樣也太少吧！！
才我們三個
好！那我要敲門了囉！
コンコン
打擾了！
東京似乎很大卻也很小。
246
413
413
コンコン（KoNKoN）：敲門聲
雖然用那麼尷尬的方式跟涼涼分手，
其實我也有心理準備，
某天會在東京跟他重逢。
只是萬萬沒想到，會在這種情況下……
請進！
BUMKEYS
鮫島涼様

ポ
ン……
ポ
ン……
ポン（PoN）：輕拍聲
放心吧。今天的阿香很漂亮。
是啊！跟年輕的時候相比……
現在也不差啦。
ガチャ（GaCha）：開門聲
ぐいっ（GuI）：施力貌
……真的嗎…？
真的真的。
來。
去吧！
ぐいっ
ガチャ
楽屋
8
様

阿香……？
大嬸三人組，你們在這裡幹什麼？
涼…涼……
他怎麼會在呀！
早坂先生你騙我！
涼涼…恭喜你……
オロ
オロ
阿香…
我要回去了啦！
滾開小丫頭！
呀啊！活生生的KEY！
スッ
つかつかつか
咦！
你的夢想實現了啊……
你為什麼也在後台休息室！
那是我要說的話吧。
KEY先生你好，我是倫子小姐的徒弟麻美！
阿香……
哼，你居然還有徒弟啊？
就是有！不行嗎!?
對不起我一直沒跟你聯
我勸你立刻換個師父比較好。

スッ（Su）：動作迅速貌

オロ（ORo）：手足無措貌

つかつか（TuKaTuKa）：為所欲為貌

哈哈！真幽默！KEY先生講話真風趣！
風趣個頭啦！這種傢伙！
阿香……
!!
がばっ（KaBa）：猛然行動貌
がばっ
太好了…
能再見到你…
能再見到…
阿香你……

涼……涼……
啥
なっ
全都多虧了阿香。
今天晚上最後一首歌…
那是做為回答諾斯德拉達姆斯的歌而寫的。
因為無論如何我都想在舞台上…
演奏我替阿香寫的歌…
是嗎…？我都聽不出來…
因為歌詞是找專業的來填啊。
哦，所以才…
總之，阿香……
ガバッ
我愛你。
我愛你啊，阿香。
ガチャ

ガバッ（GaBa）：猛然行動貌

ガチャ（GaCha）：開門聲

ん嗯？
阿涼～要去慶功宴了哦～
哎呀？你又在給歌迷抱抱啊？
阿涼人真好～
…這位是…誰？
她呀…涼哥的女朋友。
呵呵
不是啦！這人是我前女友！
我的模特兒朋友。

我錯過的盤子被下一個人拿走了。
我連那麼簡單的事都不明白。
音樂人說「我愛你」跟唱歌一樣簡單，
而我面前的軌道已經沒有盤子了。
ウィーン……
ハッ

ウィーン（UiN）：軌道機械音　ハッ（Ha）：嚇

ウィーン……
好傢伙，終於明白了吧。
ウィーン（UiiN）：軌道機械音　ピョン（PyoN）：繃出貌
…魚白跟豬肝…在說話…這就是倫子說的幻覺嗎…？
ピョン
ピョン
明明是你拋棄還不紅的他，
結果看人走紅就想復合，你比起迴轉壽司店裡的遜爆哈密瓜真是毫不遜色肝肝!!
咦…到底是遜還是不遜啊？
就是遜啦白白白白！
對不起喔，用了一個這麼難懂的比喻肝肝
你不過是看到他在舞台上帥氣地彈吉他…
就妄想跟人家破鏡重圓…
實在太可笑啦肝肝肝！

不！我才沒那麼想！
阿香小姐，聽好白白。
現實世界的時間跟迴轉壽司的軌道是不一樣的白白。
咦⋯
現實是這樣的。
啪嘰
時間是只往單方向前進的！
才不會迴轉的啦白白！
每天。
每小時。
一分一秒。
你們都在慢慢變老白白。
軌道只往單方向前進⋯
時間是絕對不可能倒退的白白。

那麼……
ウィーン……
盡頭究竟有什麼呢？
你猜啊。
你覺得有什麼呢？
ウィーン（UiiN）：軌道機械音
嗯…年輕時沒能得到的…
穩定的…愛什麼的…
安穩的…生活什麼的…
你說的「安定」到底是什麼呀白白？
呃……
讓我來猜猜看吧，
是金錢跟名譽吧白白。
你究竟是個用社經地位來判斷男人的女人啦白白。

年輕時毫不猶豫就拋棄的東西……
現在才發現已經怎樣都得不到了。
已經沒辦法回到那個時候。
時間無法倒轉。
因為世界末日沒到來——

我們所在的軌道
也持續往單方向
前進。

ACT 7 醃鯖魚女

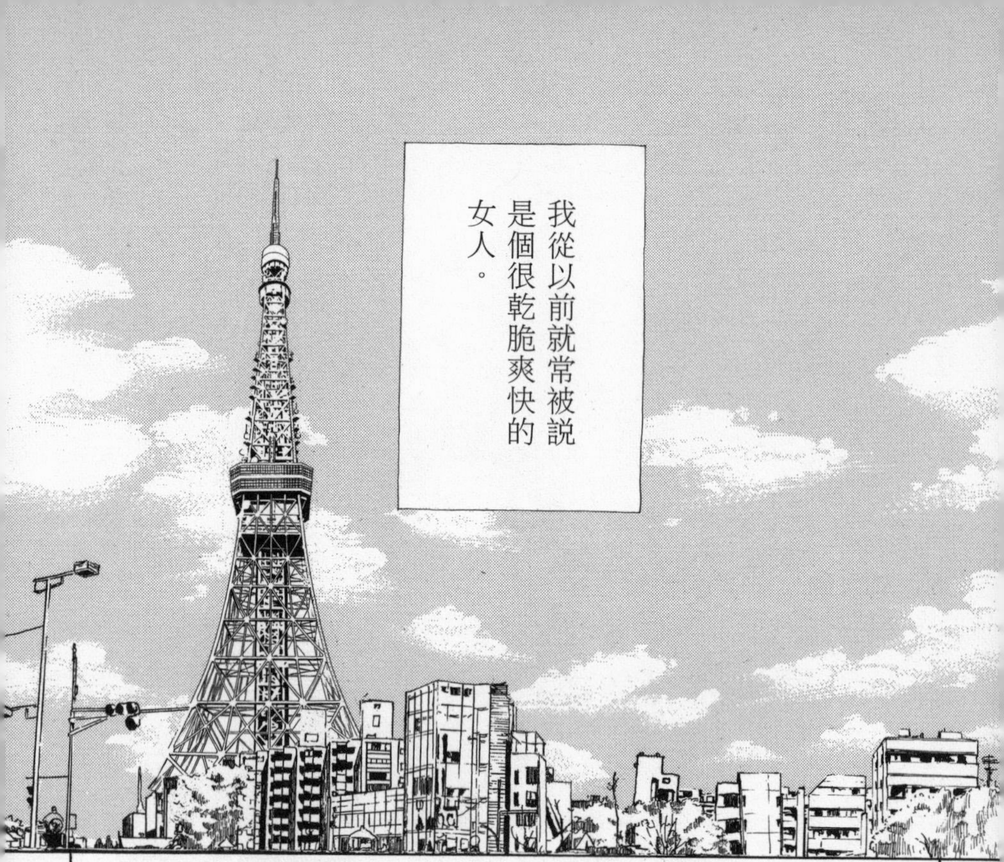
我從以前就常被說
是個很乾脆爽快的
女人。

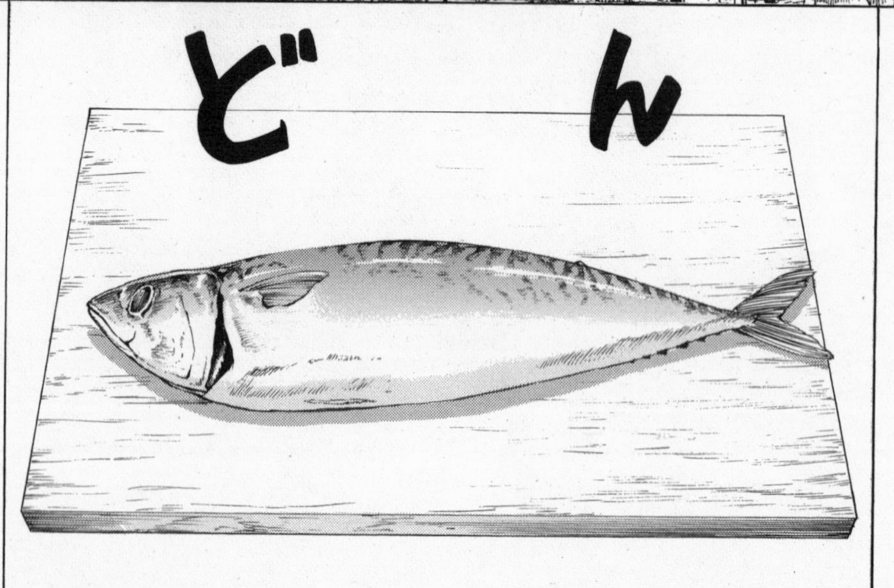
どん

どん（DoN）：咚

……
喂。你們兩個。
ドボボボボ
我們還在備料啊。

ドボ（DoBo）：液體倒入容器貌

…沒關係啦…
讓我們喝吧，老闆…
我們想借酒澆愁啊…
ドボ
ドボ
…阿香真可憐…事情居然變那樣…
別說了！
不要同情我！
我比你好多了！我只是前男友有了新女友而已！

ギャー
要說的話你那樣傷害反而比較大吧!?
沒這回事，我比你好多了！
你們兩個不要吵了，
因為這樣讓女人的友誼產生裂縫才是真的慘…
啊，沒事了嗎。
ひしっ
嗚哇哇哇哇哇哇哇哇哇
兩個孤單的人，只能互相安慰
小雪為什麼你不陪我們一起哭？
是啊，你為什麼每次都那麼冷淡啊！
這…我要備料啊…
我老爸去健康檢查，所以今天休息。
全部都得一個人來。
ザクザク
呀啊！她在切好大一條魚！
這叫什麼魚啊？
鮪魚!? 柴魚!?
出世魚!?
看了還不知道嗎？
這是鯖魚…
沒有魚叫出世魚啦！
有血！有內臟！
ひしっ（HiShi）：緊抱貌
ギャー（Gyaa）：慘叫哭嚎聲
ザクザク（BaSaBaSa）：切菜貌

你們兩個……真的完全不會做菜耶……
我跟阿香不一樣，我會！
人家會煮義大利麵！不要把我跟住家裡的人相提並論！
呆ー
義大利麵……
煮義大利麵才不算會煮菜!!
ダン
呀啊！
ダン（DaN）：拍桌聲
從很久之前你們就說要跟我學做菜……
結果什麼也沒學到就33歲了。
瀬戸の荒塩
三温糖
我覺得我以後應該也學不會啦！
所以？你在做什麼啊？
看就知道吧！我在做醃鯖魚啦！
我們就是不知道啊！
不過…好期待哦…
我最喜歡醃鯖魚，快點上菜吧♡
我才剛開始醃，現在還不能吃啦！
所以說我們就是連這些都不知道啊！

大家都說會做菜的女人很受歡迎。
可是我從來沒為心愛的男人做過菜。
因為我每次都到不了為他下廚的階段，
在那之前我就覺得沒興趣了。
仔細想想，若要讓男人吃到自己親手做的菜…
若非去對方家裡用廚房，
就是找他來自己家，
不然只有同居才能辦得到。
可是…

我不想當乖乖替男人做馬鈴薯燉肉的女人。
用料理釣到男人…
或是用料理挽留男人…
我不喜歡那種想法。
我想要更像都會男女的交往方式，
才不要把馬鈴薯燉肉裝在保鮮盒裡面帶去男人那邊。
難得住在有很多美味餐廳的東京…
約會當然是去外面吃！
我才不要煮了一天下班之後還要煮！
啊。
慘了。
忘了訂青紫蘇。
抱歉！
我去附近超市買，拜託你們幫我看店。
咦？
那有客人來怎麼辦？
先拿瓶啤酒給他就可以了，
我馬上就回來！
ガラッ
ガラッ（GaRa）：開門聲

チリン
PEOCOCK STORE
可惡……居然搞到得在表參道的高級超市買青紫蘇……我真蠢……
好貴……
ガー
キッ
嗯？

チリン（ChiRIN）：腳踏車鈴聲

キッ（Ki）：急煞輪胎聲

ガー（Ga）：腳踏車行進聲

耶？
他在花店⋯
謝謝惠顧 還請再光臨！
買花⋯⋯
他在⋯ 花店買花⋯!!!
（第2次）
嗚⋯ 哇呀⋯
女人⋯？ 買花給女人嗎⋯？ 難道是⋯ 買給倫子嗎？
哇啊啊啊
スタスタ
スタスタ（SuTaSuTa）：逕自走去貌

スタスタ
スタ
不過往那邊跟店是反方向，
也就是說不是買給倫子的!!
嗚…
女人的友情比客人重要…
倫子、阿香，拜託你們看店了！
チリリン♪
我去跟蹤他!!
ドドン
青…青山墓園…？
スタスタ
キッ
ザッ

チリリン（ChiRiN）：腳踏車鈴聲　ドン（DoN）：咚

ザッ（Za）：動作迅速貌　スタスタ（SuTaSuTa）：逕自走去貌

搞什麼…原來是掃墓啊…
我還以為他要跟女模約會…
年紀輕輕還真是了不起…
佩服佩服…
ガラッ（GaRa）：開門聲
ガラッ
我回來了，
不好意思，回來晚了！
呼
呼
啊。
太好了，還沒人…

我咧還真的沒人啊！連倫子跟阿香也不見了!!!!
ガラ～ン
ガラ～ン（GaRaN）：空蕩蕩貌
那兩個去哪裡啦！
放著店鬧空城計！
バッ
啊。
バタバタ（BaTaBaTa）：腳步聲　バッ（Ba）：猛然動作貌
咦？
怎麼了？
バタバタバタ
哇啊!?
發發發生什麼事了？
啊！小雪你回來了！
バタバタ

小雪！沒事了!!
我們抓到男人了!!
うわあああああああ：嗚哇啊啊啊啊啊
等等…你們終於淪落到去路上抓男人嗎!?
缺男人缺成這樣!?
不是啦！
店裡有蟑螂!!!
超大的！從我們腳邊跑過去！
うわああああああ

咦？就為了這個？
來！帥哥，拜託你了！
快點快點快點！快點幫幫忙！
快打死蟑螂啊啊啊！
啊。好，那我來…請問有剋蟑之類…
有的話請借我…
哇啊啊啊啊
不。不用了，不好意思。
ブン（BuN）：猛揮貌
スッ（Su）：動作迅速貌
ガラ（GaRa）：拉門聲
真是的，大驚小怪。這裡都是賣吃的，當然會有蟑螂。
從外面也會跑進來
ガラ
哪裡？在哪裡？蟑螂在哪裡？
咦？小雪幹嘛？
啊。有了。
スッ
用…用雨傘!?
ブン
バシン（BaSiN）：拍打聲 しゅっ（Shu）：抽取聲 ササッ（SaSa）：動作迅速貌 ポイッ（PoI）：隨手一拋貌
バシン
ササッ
しゅっ
ポイッ
呀啊啊啊啊啊！
好，搞定。
パン
小雪學姐超帥氣!!!
うおおおお
嗚喔喔喔喔
パン（PaN）：拍手聲

真的很抱歉，這邊請坐。
為了表達歉意，我請你喝啤酒。
咦。
請坐請坐，這裡什麼都很好吃喔。
是啊！平常沒有蟑螂的！
有的話，我們才不會來！
啊……那就只喝1杯。
今天有好吃的醃鯖魚哦。
她親手做的！
哦，小哥，不錯哦！
真是的……
來！乾杯！
ガチン
那…
小哥你幾歲啊？
咦。
我…今年35歲。
太好了!!!
年紀比我們大!!!
ホッ
ガチン（GaChiN）：杯盤碰撞聲
ホッ（Ho）：放心嘆聲

最近遇上小弟弟……
遇上同年紀但卻跟超年輕女模交往的前男友……
因為年齡受了很多打擊……
我是大叔了，放心吧。
好！今天30世代來喝個夠!!
小雪！剛才的醃鯖魚!!
輕鬆啊～
わーい
就說還沒好啦！
滷牛筋馬上就來，等一下！
ぐつぐつ
グビグビグビ
哇——……
看起來好好吃哦。

わーい（Waal）：開心呼聲
グビ（GuBi）：大口飲用貌
ぐつぐつ（GuTuGuTu）：燉煮貌

ガララ（GaRaRa）：開門聲　スタスタ（SuTaSuTa）：逕自走去貌　プイッ（PuI）：撇頭不理

是我的菜……
仔細看，那傢伙的長相呀氛圍呀什麼的都是恰恰正中我心啊！這怎麼回事？真的假的！

不…冷靜一點，冷靜一點，
這沒什麼了不起的…沒什麼了不起的…
那只是個隨處可見的普通上班族…
ブン
ガララ
ゴシ…
唉，我最近都沒談戀愛，眼光…
有點不行了…
不好意思，久等了。
請用關東煮。
ドン
テキパキ
キリッ
ドン（DoN）：咚　テキパキ（TeKiPaKi）：動作乾脆俐落貌　キリッ（KiRi）：堅毅不搖貌
哇啊…看起來好好吃哦…
我開動了！
パキ
不能看……
我千萬不能看…
嗯！
好好吃！
すわっ
すわっ（SuWa）：大驚貌　ガラガラ（GaRaGaRa）：關門聲　ピシャン（PiSyaN）：門關上聲
プイ
スタスタ
ガラガラ
ピシャン
呼呼～
呼呼～
ブン（BuN）：猛揮貌　ガララ（GaRaRa）：關門聲　ゴシ（GoShi）：擦揉貌　パキ（PaKi）：拉開筷子聲
スタスタ（SuTaSuTa）：逕自走去貌　プイッ（PuI）：撇頭不理

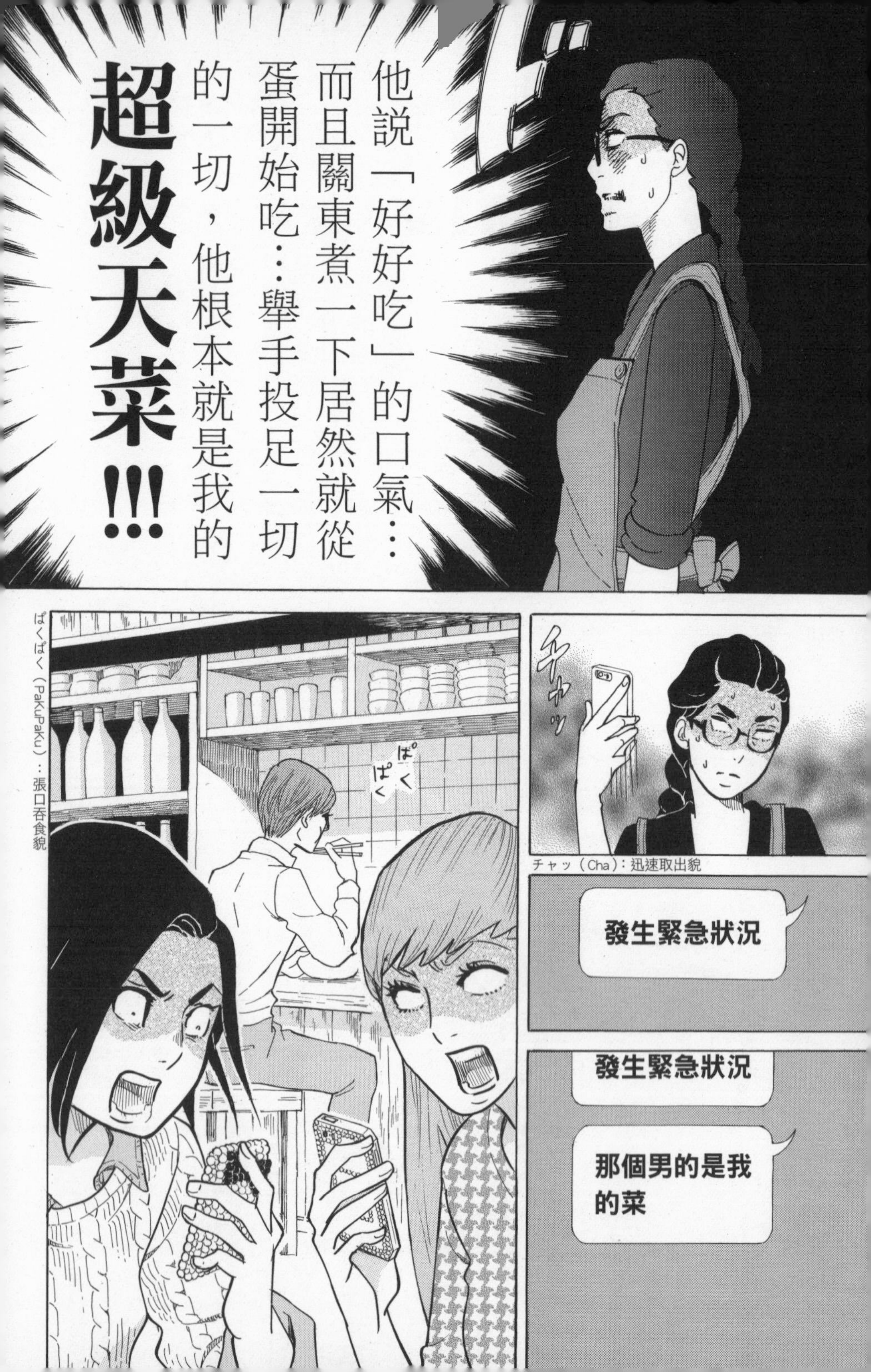
他說「好好吃」的口氣……
而且關東煮一下居然就從
蛋開始吃……舉手投足一切
的一切，他根本就是我的
超級天菜!!!
チャッ
發生緊急狀況
發生緊急狀況
那個男的是我的菜
ぱくぱく
チャッ（Cha）：迅速取出貌

ぱくぱく（PaKuPaKu）：張口吞食貌

怎怎怎怎
怎麼辦？
請求指示！
總而言之！
給我５分鐘，我回去塗粉底刷睫毛膏跟上唇蜜，這段時間裡千萬不能讓他走!!!
ダッ
ザッ
ザッ（Za）：動作迅速貌
ダッ（Da）：衝刺貌
ガッ
哇。
ガッ（Ga）：猛然貌
小哥，今天我們請客！
你之後應該沒事吧？
啊。
是的…
你就慢慢吃，我們會服務你♡
ぐぐぐ…
啊，對了！你就喝酒等醃鯖魚做好吧！
你喜歡醃鯖魚嗎？
啊。
我最喜歡了。
剛才那個人!!
她叫小雪!!
小雪她剛才親手很華麗地把一大條鯖魚做成醃鯖魚哦!!
啊。
她的名字叫小雪是嗎…
剛才那位…

很漂亮的美女呢。
漂……
……亮的美女!!!
アハハッ
ウフフッ
アハハッ（AHaHa）ウフフッ（UFuFu）：笑聲
哪哪哪哪哪哪裡啊!?
你說她哪裡漂亮啊!?
呃…就是很白又黑頭髮…
感覺很日本的美女啊……
我啊…對那種堅毅的女性有些嚮往呢…
哈哈哈
他……

喜歡堅毅的女生!!!
キリッ
チャッ
ピロリン♪
チャッ（Cha）：迅速取出貌
キリッ（KiRi）：堅毅不搖貌
小雪!!!! 沒問題!!!!
小雪!!!! 沒問題!!!!
天啊!
同時間LINE同樣的來!!!
什麼意思!?
沒問題是什麼意思!?
ピロン♪
什麼沒問題!?
店面2樓
ピロン（PiRoN）ピロリン（PiRoRiN）：收到訊息聲
她說小雪很漂亮!!
還說是他很喜歡的型!!
來了
來了
終於

命運的相逢啦!!!!!!!!
來了？
終於來了嗎？
突然來了嗎？
女人啊，
有時看男人一眼就知道自己會不會愛上他。
當然也跟中不中意長相有關，但不止這個…
像是動作呀…
聲音呀…
更重要的是…

講話方式呀⋯
一舉一動之類⋯
那個人四周的氛圍，
有時一瞬就會抓住女人心。
有時看電視上的男演員有那種感覺，
有時看女生也會有同樣感覺。
可是⋯
在現實生活中卻少有這種能瞬間來電的男人⋯
而且對方還說!!!
我是他!!!
喜歡的型!!!
カッ
ばしん
カッ（Ka）：突然一閃貌　ばしん（BaShiN）：物品落地聲

不是男模也不是搞樂團的!!
只是普通的上班族!!年紀比我大!!35歲!!
バァン
很可以!!!
我跟她們倆不一樣!!
樸實無華也沒關係，我要跟普通男人交往!!
獲得普通的幸福!!
ダダッ
ドダダダダ
ドダダダダ
來了！
?
小雪COME BACK了!!
ガラッ
抱歉讓你久等了。
キリッ
ぬっ

ダダッ（DaDaN）ドダダダダ（DoDADADADA）：腳步聲　バァン（BaaN）：猛然開門聲

ガラッ（GaRa）：開門聲

キリッ（KiRi）：堅毅不搖貌　ぬっ（Nu）：冒出貌

怪了，今天怎麼這麼空。
啊!!阿香!!你在這啊!!
耶～阿香～！乾杯！
快住手！不要碰我！
這麼多人點炒烏龍麵應該能吃完吧…

你……為什麼……
會來……這……？
有什麼關係，這家店又不是你開的。
而且涼哥說想來這裡。
阿香……
你好像……比以前漂亮啦……
別說了！跟你女朋友相比，我跟土偶一樣啦！
去去
我要點炒烏龍麵……還有那兩樣。
那兩樣是什麼？
啥？
那還用說……
魚白豬肝嗎。
好好
魚白豬肝？
……柑橘醋鱈魚魚白，還有蔥花煎豬肝，是我們這的招牌菜。
現在
哦……雖然聽起來也很美味，
不過我還是等醃鯖魚好了。
にこっ

にこっ（Niko）：滿面笑容貌

好可愛啊啊啊啊！
心之聲
啊，那個已經好了。
つ〜ん
來。
どん
哇啊！好棒哦！
我可不知道好不好吃哦？
他說好棒哦……
心中吶喊
35歲還說好棒哦
真是可愛得不像話啊
這個傢伙喔喔
好……好好吃喔……
だんだん
完了。
……小雪小姐……
我明天也可以來這裡吃晚餐嗎？
我就是拿這種男人沒辦法。

どん（DoN）：咚
つ一ん（TuN）：面無表情
だんだん（DaNDaN）：敲桌聲

……我可以……
請教您的大名嗎？
這年紀還如此天真無邪。
遵守禮節，卻和藹可親。
我姓丸井。
ニコッ
讓人想寵愛的可愛男人。
丸井俊男。
ニコッ（NiKo）：滿面笑容貌
那明天晚上，這個位子就留給丸井……
先生了……
你要這麼說，我每個晚上都會來哦。
真的。
完全沒問題。
那邊就當你的專用席吧。
感覺一段戀情將要開始。

可是，千萬不能太興奮。
要貫徹冷靜。
要淡然。
在確定他喜歡我之前……
我要保持冷漠才行。
那才是成熟女人的必勝法。
來，那邊的醃鯖魚也好了喔。
啊。對了。
你啊！
我今天看到你去青山墓園掃墓，年紀輕輕懂祭祖，了不起。
來，久等了
ピクッ
ピクッ（PiKu）：小抖動

……你說什麼？
傍晚我剛好經過那邊（其實是跟蹤），
真是不簡單，祖墳在青山墓園裡，你家很有錢啊。
哇啊……難不成你是富家少爺？
不是。那不是我家的墓。
すくっ（KuSu）：迅速起身貌
すくっ
啊。
涼哥，我明天一早要拍照，所以先回去了。
好！慢走！這裡我來付！
不要啦，你把他帶回去啦！這傢伙酒品超差的，一喝醉根本受不了！
ガラッ（GaRa）：開門聲　スタスタ（SuTaSuTa）：逕自走去貌　プイッ（PuI）：撇頭不理
プイッ
スタスタスタ
ガラ
……生氣了？
生什麼氣，只不過被看到去掃墓而已。
啊～你們兩個好像也很寂寞～
小鬼啊！

你們也是鍵谷的粉絲吧!!
啥?鍵谷?
那什麼?
欸,他姓鍵谷,所以才叫KEY。那傢伙的本名。
……
哦—……
原來…是這樣…
想不到你居然是在這種酒館…
才知道床伴姓什麼…
別說了!
拜託你不要再說了!
カラッ
咦,上床啦?啊哈,他果然喜歡年紀大的女生。
咦!是這樣嗎?
倫子,你果然有希望啊!!
不…不行不行…拜託你別說了…
我記得他以前說過曾跟年紀比自己大的女人交往啊!
什麼!!涼涼下次你好好問問啦!!
啊…
不好意思,店裡太吵了。
不不,感覺很熱鬧很有趣啊。
那我要買單了。
カラッ(KaRa):冰塊聲

不不，為表歉意，今天由本店招待…
不行啦，我今天吃喝了這麼多，我要付錢！
這樣…飲料算招待吧…
不行…
只要明天也把這個位置留給我就好。
麻煩你了。
那明天見。
ペコッ
好久沒有心動了。
可是，跟年輕時不一樣。
我控制著自己不要太投入。
慎重地…確實地…
但是又迅速地推進。

ペコッ（PeKo）：低頭示意貌

不想因為太著急而失敗。
可是也不想繞一大圈。
我千萬不能在這裡失敗。
因為我們已經沒有時間了。
小雪小姐，這裡平常都幾點打烊啊？
好呀。
要去喝一杯嗎？
看吧。

大人的戀愛進展很快。
喝醉之後就更快了。
雖然看來像是在隨口閒聊，卻確實地一步一步往前進。
我覺得…跟小雪小姐聊天很愉快呢。
喔，來吧。
我也覺得跟丸井先生聊天很開心，
快來吧。
啊啊，這張臉孔…
簡直是大人跟小孩同居在一起的側臉。

天啊…
真是我的菜…
小雪小姐。
還可以這樣和你私下見面嗎？
……
當然可以…
我啊。
看到小雪小姐做菜的樣子，
我覺得很漂亮。
ドキン
……其實我也…
很喜歡丸井先生的長相。
很喜歡。
……那我們可以嗎？
成為那種關係…
……
可以啊？
ドキン（DoKiN）：怦然心動貌

但我已經結婚了，可以嗎？
不過，我現在跟我太太分居。
我不想騙你，也沒有打算隱瞞。
如果小雪小姐不願意的話，就算了。
搞什麼，原來是這麼回事。

然而他也老實
說出來，算是
誠實。
實話實說，把決
定權交給我，他
真是太溫柔了。
奇怪。
我是不是喝醉了。
頭上好像飄著
什麼怪東西。
結果像你這種女人才
是最危險的啊白白，
沒錯肝肝，就是
你這種自以為是
成熟女性的人。

ケラケラ
哈哈哈哈，果然吧。
你看，進去了。
告訴你，像你這種女人叫什麼吧？
裝得一副乾脆爽快，其實比誰都濕黏腥臭……
你這醃鯖魚女白白！
ケラ
ケラケラ
還真會說。
給你一個坐墊吧…
スッ

スッ (Su)：迅速動作貌

ケラ (KeRa)：放聲高笑貌

ACT 8 拳擊手失智女

來，宣布比賽開始的鐘聲響起了。
然後咧？
後來怎樣了？

……應該說……
為什麼今天要在咖啡廳第4出動啊……
因為我們等不到晚上…
我下午有客人取消預約，所以有2小時的空檔!!
快！快點！快說吧!!
……點個鬆餅來吃吧……
啊，我也想吃，可是只要少少吃一點就好。
是啊，這很容易吃到脹。
我們三個人點一份來分吧，這樣剛剛好。
バッ（Ba）：猛然動作貌
不好意思。
啊～真是太好了～
在青山大道的時尚咖啡廳邊吃鬆餅邊聊戀愛事，好久沒這樣了♡
最近老是在吞兵衛吃魚白跟豬肝，女子力降低不少呢～
ウフフ（UFuFu）キャハ（KyaHa）：嘻笑聲
我們要再點一杯卡布其諾，還有里考塔起司綜合水果鬆餅。
然後咧!?
然後咧!?
然後咧然後咧然後咧
然後咧!?
快點說昨天晚上發生什麼事啦!!!
ハァハァ（HaaHaa）：喘息聲

……
ズ…
這個嘛…
基本上…
我們開始交往了，應該吧。
哦哦哦哦哦哦哦哦！終於於於啊啊啊！
ズ…（Zu…）：啜飲聲
太好啦啦啦啦!!!
ひしっ
不過…
他已經結婚了。
ひしっ（HiShi）：緊抱貌

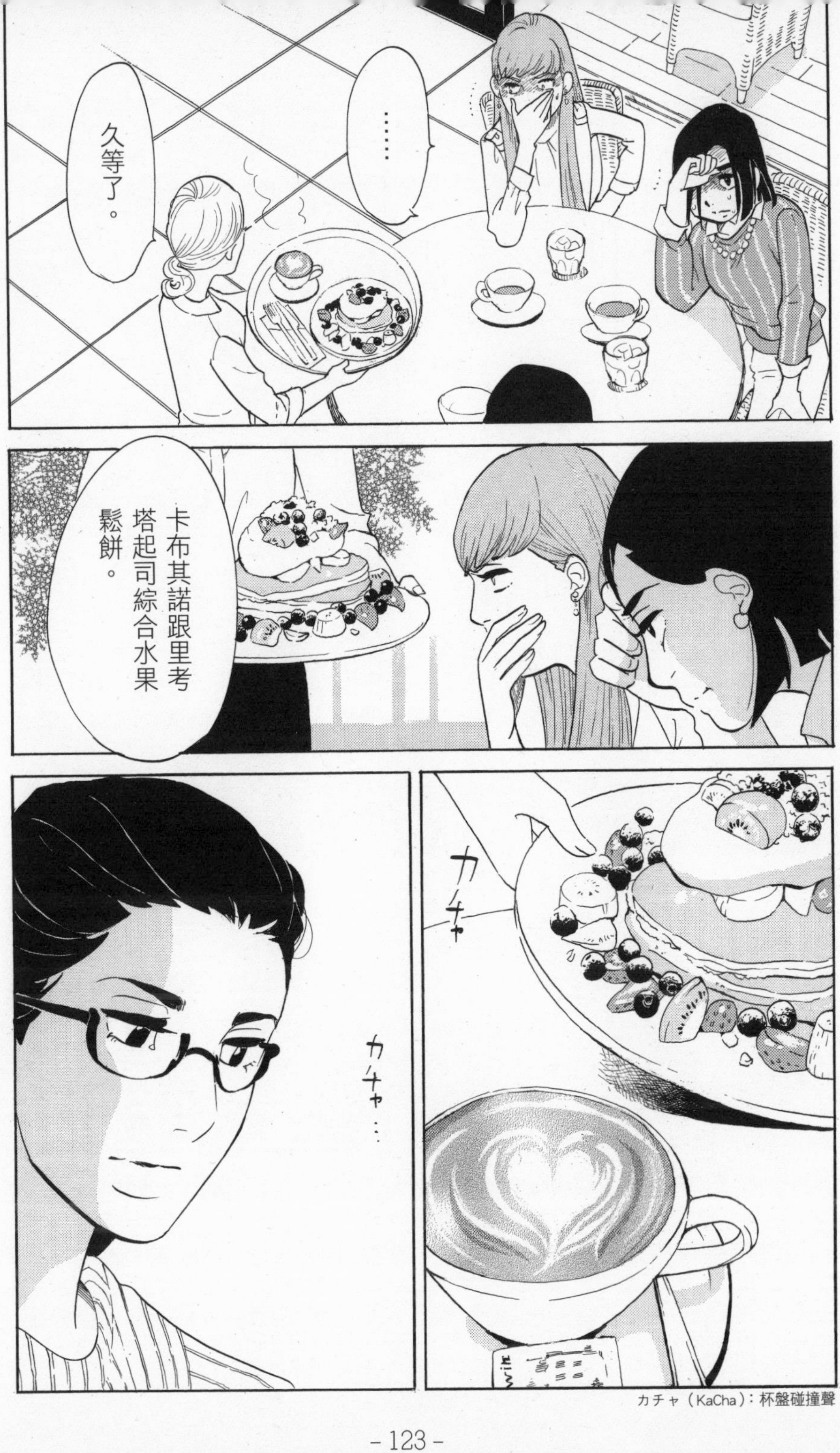
……
久等了。
卡布其諾跟里考塔起司綜合水果鬆餅。
カチャ
カチャ…

カチャ（KaCha）：杯盤碰撞聲

就。外遇啦。
呃……
ザクザク
カチャカチャ
カチャ（KaCha）：杯盤碰撞聲　ザクザク（ZaKuZaKu）：切開貌
其實我之前在涼涼喝醉那天也…
咦？難道說？
…唉。
騙人的吧…？
阿香…
小雪小姐。
你覺得我是最差勁的爛男人吧？

……
還好。
沒什麼，很多人都這樣吧。
我可是第一次呢。
做這麼壞的事。
……
がばっ
不是…
がばっ（KaBa）：猛然行動貌
小雪小姐，我喜歡你。
ドンガラガッシャン
トンガラガシャン（DoNGaRaGaShan）：吵雜聲
真是的……

拜託！涼涼!!給我好好走啦！
嗚……阿香……
ガ
你…啊！不要…
啊……
好懷念的味道——

ウィーン（UiN）：自動門聲　ガシ（GaShi）：緊抱貌

阿香的味道——……
哎啊…阿香也一起上樓吧。
啥？
你說什麼啊！要是你女朋友來了怎麼辦？
啊…放心放心…她現在人在紐約…
ウィー
沒有人理我，我很寂寞啊。
咦？這裡嗎？

涼涼你住在這麼好的地方嗎!?
是啊。可以清楚看到東京鐵塔哦！
……
說來以前我們一起住在蒲田時的公寓也看得到哪…
不過那個東京鐵塔超小的…
ピッ
ピッ
ピッ
從這裡看出去的東京鐵塔，比那時大好幾倍呢…
我想讓阿香也看看…
那真的很漂亮。
ぐいっ
ガチャ
ピッ（Pi）：嗶
ぐいっ（Gul）：施力貌
ガチャ（GaCha）：開門聲

身處東京這個
城市裡——
我們總是在
做夢。
甜美的夢。
幸福的夢。
短暫又…

轉瞬即逝的夢。
日文「轉瞬即逝」是讓「人」字旁有個「夢」，寫做「儚（はかな）い」……
拜託請不要說「以前的人還真是會造字呢」之類的話……
請不要這樣挖苦我們。

我們已經衰弱到——只要這麼點挖苦就會倒地不起的程度。
TARAREB
哇——！這什麼！好棒喔！
ハッ（Ha）：嚇
莉香，恭喜你訂婚。
這是我們兩個替你準備的驚喜!!
討厭討厭討厭！
你們兩個幹嘛這樣啦！

你要跟吉田先生過得幸福哦!!
真的是太好了，莉香找到好男人!!
這是象徵我們三個人友誼的蠟燭!!
都是你們兩個推了我一把~
才不是，是你努力的結果~
哎呀，莉香真的是很危險，但總算搞定了！
就是說啊，我們已經28歲了！
當你們兩個比我先訂婚的時候，我真的有點想死~
啊，真是太危險了~最後總算可以在30歲之前結婚！
真的幸好滑壘成功
真的~
婚禮在夏威夷嗎!?我們可以參加嗎？
當然！我要請你們當伴娘!!
太好了！一起去吃道地的鬆餅吧！
グッサ
グサ
グッサ
グサ
…走吧？
グッザ（GuZa）：戳進物體聲

三個人算好時間，
大家一起生小孩，
以後讓我們的小孩
當同學!!
耶耶!!!
白日夢軍緊急避難——!
嗚喔喔喔
喔喔喔!
ボガーン（BoGaN）：爆炸聲
我們的戀愛已經
不是能在咖啡廳
談論的話題。
被閃爍樹葉
縫隙間的日
光照耀…
一邊吃著放滿水果
的可愛鬆餅…
一邊看著卡布其諾
的心型奶泡…

我們這年紀已經聊不了適合那些的戀愛話題。
聊不了隔壁桌女生那般光芒閃耀的話題。
話說回來我們幾個就連…
說話聲也低哪。
就是啊。
是很低…
不過以前聊天時我們也能高聲談笑，就像那幾個女生一樣。
就是啊就是啊。
我們三個興奮地吃著牛奶可麗餅。
牛…牛奶可麗餅…
時代變了…
我們20歲的時候還不是咖啡拿鐵，是咖啡歐蕾呢…
是嗎!?呵呵…
…你們不要硬是錯開話題啦啊啊啊!
呼…
呼…

外遇…
啊…
不行啦！不能當小三!!!
クラッ
總比跟有女友的前男友上床好吧。
ハッ
啥!?
你！剛說什麼！
カチン
跟前男友上床比當小三好幾百倍吧～～～～!!!
ドゴォ
玩樂團的根本已經有正牌的超模女友，你跟我也半斤八兩啦！
咕哇！
ドゴ
啊——！你們兩個不都差不多！不要吵架啦！
才沒有差不多！我可是經過告白，確認我們是相愛之後，才發生愛的行為！可不要把我跟被混樂團的玩過就算了的日拋型女人相提並論！
哎唷我怎麼這麼會比喻啊——！
噗哇！怎麼打到我!!
ボコッ

クラッ（KuRa）：不穩搖晃貌

ハッ（Ha）：嚇

カチン（KaChiN）：發怒貌

ドゴ（DoGo）ドゴォ（DoGo）ボコッ（BoKo）：重擊音

倫子你也是，好不容易遇上一個名草無主的人，結果被玩弄之後就完全沒聯絡，你才是比我們悲慘多了！
你…
你說什麼！
沒錯！我們之後還能繼續跟男人做愛！
只要我想，隨時都可以去找涼涼…
哼！
我才不羨慕你們啦啊啊啊啊！
不管做愛做幾次…
那都沒有半點拘束力！完全算不上有約定！
這樣只會越做越痛苦呀！
只會越來越空虛啊!!

パッ
パ
ハァ
ハァ
夠了，真讓人看不下去。
パッパー（PaPa）：喇叭聲　ハァハァ（HaaHaa）：喘息聲
大家都在看你們。
大白天的在青山大道正中間大叫「做愛！做愛！」路人都會以為你們腦袋有問題。
你又出現了⋯
怎麼了，又買花去掃墓嗎？

……
プイッ
啊！又這樣！
你叛逆期啊！
小鬼！
啥啦
等……等一下！
在……在路邊跟我們隨口聊聊有什麼關係呀！
是啊！我們不是常在同間店喝酒的伙伴嗎？
……嗯。
我只是碰巧經過花店，想給店家買個花，
這店好像快倒了。
不…不會倒閉吧喂…
你想要就給你。
什麼？
プイッ（Pul）：撇頭不理

拿去。
プイッ（Pui）：撇頭不理
哇……
倫子～真是太好了～
收下吧收下。
超噁…
超…
超噁是什麼意思啊！
拜。
プイ
スタスタ
スタスタ（SuTaSuTa）：逕自走去貌

真是的⋯⋯
真搞不懂，他一定瞞著我們什麼，明明是去掃墓。
スタスタ
是啊，因為這裡離青山墓園很近。
阿香，你去問你前男友啦。他一定有什麼秘密。
スタスタ（SuTaSuTa）：逕自走去貌
咦？
你要問這個？
啊，你果然知情。怎麼回事啊。
我猜啦，那很可能是他的前女友。
咦？前女友？

他以前有個比自己大很多的女友…
聽說的啦…
聽說？
但那個女的好像死了哪。
是THE虎舞龍…那樣嗎…
你的舉例好舊哦…
ドン
ドン
ドン
酒処
什麼都沒有的小事～
想來那即是～幸福～

ドン（DoN）：咚

那是一年前～經過這裡～就會想起～
惡夢般的～電話啊～～
你根本不太記得歌詞吧…
FINAL ANSWER
也就是說最終答案是他的前女友死掉，所以他才常去掃墓是嗎？
FINAL ANSWER
最終答案!!
要用求救錦囊嗎？
打電話!?還是問現場觀眾!?
不，已經到最終答案，就不能求救了吧。
…這樣啊。
舉例都是10年前
所以他的個性才會那麼扭曲……
ガラ
小雪小姐♡我肚子餓了！
啊，來了來了。
個性不扭曲的。
來了！外遇男…！
別說了！阿香你不要說了！
你看！

ガラ（GaRa）：開門聲

雖然完全看不出來，但小雪那似乎很開心的表情。
喝啤酒嗎？
完全看不出來似乎很開心的表情是什麼表情啦。
ニコ
嗯！
我渴了！
天啊！你看他滿臉的笑容！
什麼我渴了☆混帳傢伙
ニコッ（Niko）：滿面笑容貌
來，辛苦了！
謝謝♡
嗚嗚……
這該羨慕還是不該羨慕……
雖然是外遇，可是他們有愛啊……
你看，今天有牛蒡呢……
哇啊♡

沒用的我…
只能眼睜睜看著好友談注定受傷的戀愛。
不。
不對。
揚げシュウマイ
手羽ギョウザ
450
480
かき天ぷら
イカリング揚
(自家製)
煮豚
我和小雪又一定會做些白日夢。
夢想著搞不好他會跟太太離婚…
夢想著如果他選了小雪的話…
過去的白日夢。
未來的白日夢。
白日夢女一開始做夢就沒完沒了。

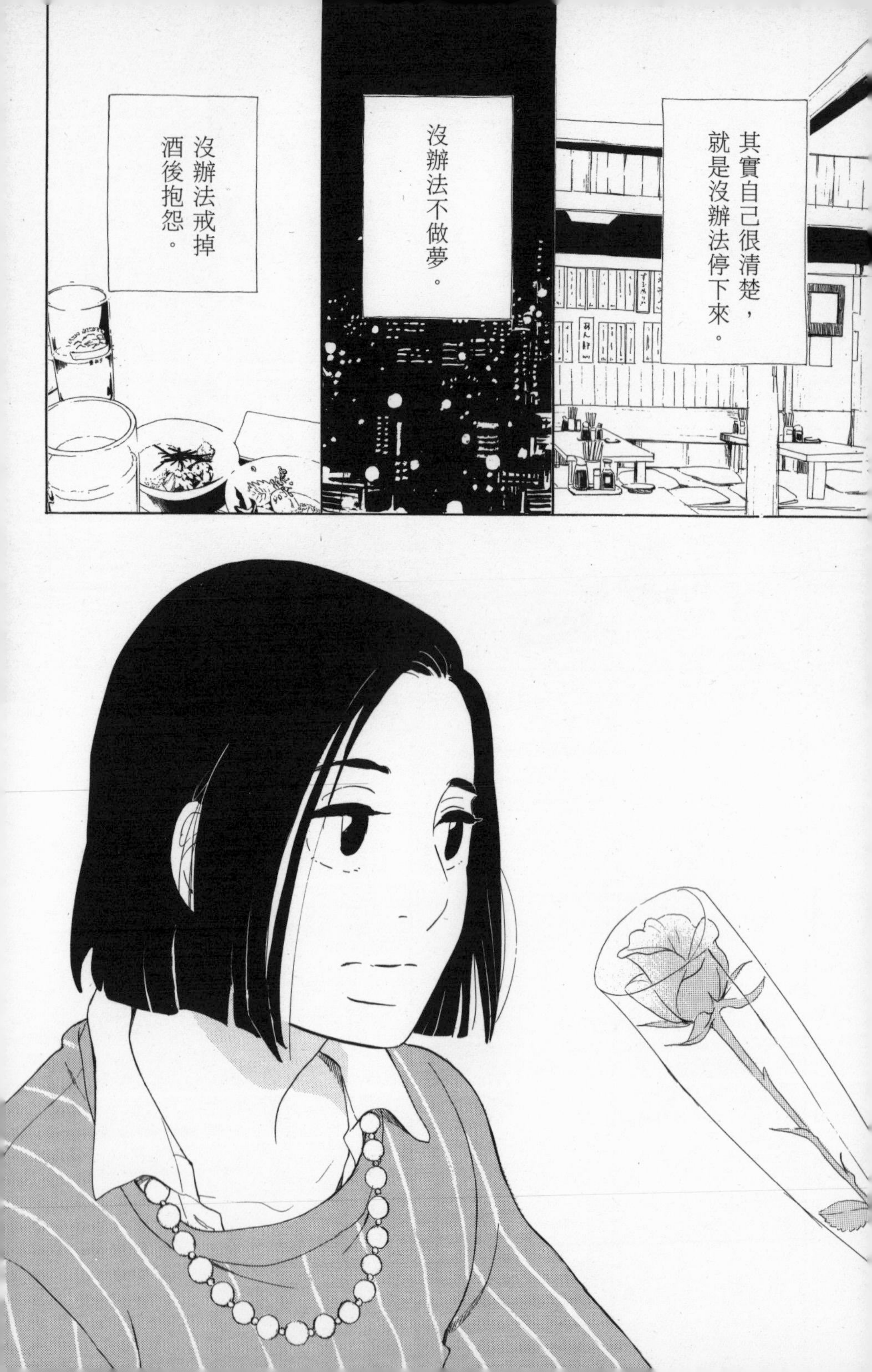
其實自己很清楚，
就是沒辦法停下來。
沒辦法不做夢。
沒辦法戒掉
酒後抱怨。

沒辦法不做個女人。
就算想戒，
也沒辦法戒掉。

是呀。
那傢伙過去也經歷不少事吧。
那個女生是怎麼死的呢？
年紀輕輕。
是生病嗎？還是意外？
不管是哪種都很可憐。
啊。
想來真不可思議。
明明跟他那樣子…
坦誠相見…
做了那檔事。

我卻完全不瞭解他。
他也完全不瞭解我。
那，上床做愛又到底是什麼？
カキフライ
580
いわし天ぷら
450
げそ唐揚
400
もちとなす揚出し
450
あさりバター
480
ハンペンバター
450
えのきバター
400
銀杏
400
片口いわし唐揚
400
我都搞不清楚了。
不管是一時鬼迷心竅也好，或是一時昏頭也罷…
都已經做過這種事…
他都完全不會想去了解另一半嗎？
むく
むく

むく（MuKu）：猛然起身貌

倫子小姐。
真辛苦你了，一直去想不會有答案的事。
むくっ
ピョ
不會…
有答案嗎？
ハッ
你根本沒有採取任何行動，一個人在那邊東想西想浪費時間，真是辛苦你了肝肝。

ハッ（Ha）：嚇　ピョン（PyoN）：蹦出貌　むくっ（MuKu）：猛然起身貌

什麼行動的…
都已經結束了……
我一直很想問你白白，
倫子小姐，你們幾個為什麼不自己主動出擊呢肝肝？
那…那是因為…
年紀大了嗎？年紀大了嗎？
ズ

ズバッ（ZuBa）：形容說話一針見血

嗚嗚……
還是年輕時能做到，30歲之後就辦不到了嗎白白？
被甩太丟臉，而你已經年紀大到不想丟臉了嗎肝肝？
ウフフ
クスクス
別…別說了……
想知道的話，直接問他不就成了嗎白白。
不…畢竟…那樣直接問別人的過去…
不太禮貌了吧…
倫子小姐！

クスクス（KuSuKuSu）：嗤笑聲　ウフフ（UFuFu）：笑聲

你們幾個總是這樣白。
フワリ
パチン
パッ
拜託你們不要站在擂臺上還用無防禦戰法了嗎白白？
無……
無防禦戰法……
是什麼意思……
33歲還搞無防禦，到40歲的時候是打算躺在擂臺上打嗎白白？
那個時候我們已經離開擂臺了！
就算是我也一定退休了！
倫子小姐。
女人是沒辦法退休的白白。
什麼……
很遺憾，女人只要不結婚就還是現役白白。
沒錯肝肝！女人是結婚了才成為教練，
在場邊支援先生和小孩，替他們打氣肝肝。

パッ（Pa）：照亮貌　パチン（PaChiN）：彈手指聲　フワリ（FuWaRi）：輕飄飄

無防禦戰法（ノーガード戦法）：《小拳王》裡男主角矢吹丈的代表打法，雙手垂下誘敵趁隙全力攻擊

太…太可笑了！有很多女生結婚之後還在努力工作啊！
結婚後繼續工作的女人，在工作上是以選手繼續奮戰，
但在家庭中還是教練呀白白。
你這樣…你這樣…
你這樣根本就是歧視女性!!
我才不想當教練！
那樣太無聊了！
我才不憧憬那樣的位置呢！
可是待在擂臺上更辛苦啊白白？
不持續出拳的話，轉眼間就輸掉整場比賽白白。
就算跟男人做愛，之後什麼都不做，也只是被玩弄得遍體鱗傷的女人…
ワー (Waa)…歡呼聲
才沒有！
我才沒有遍體鱗傷！

在那個瞬間，我真的很幸福！
哦？
怎麼個幸福法？
縱然我們不瞭解彼此…
可是在那個瞬間…
我有被愛的感覺！
做愛不就是那麼回事嗎!?
不是嗎!?
不是哦白白。
什麼…
你們才沒有被愛呢白白。
那才不是愛的行為。
只會傻傻任「愛」字擺布的你們…
只能永遠……

站在擂臺上被當沙包打！
被痛扁到遍體鱗傷！

人都33歲了，為什麼還不明白呢白白？

BF
小雪。
不行，
那個人真的不行。
阿香。
醒醒啊……
他已經不愛你了。

然後，最該清醒過來的人是我。
比我小10歲的男人，是不可能愛上我的。
把要給死去女友的花轉送給我，
我這個傻女人居然還有點高興……
沒錯。

我們是永遠無法
走下擂臺的可悲
拳擊手。
TARAREBA
TARAREBA
RAREBA

特別編

巧克力總是讓我好甜蜜

※這篇漫畫是為了2015年高島屋情人節巧克力祭特別創作的短篇

ピュウウウ
無論何時，現實都無法盡如人意。
對工作跟戀愛都不順利的我們來說，
這個季節更是格外痛苦……
好冷！
ぷるっ
哇啊～早知道就穿雪靴了～
腳好冷！
今天冷成這樣，晚上會不會下雪啊？
キャッキャッ
嗯？
沒關係啦反正麻由子男友喜歡吃甜的吧？
我好像買太多了耶♡

ピュウウウ（Pyuuuu）：冷風颼颼

ぷるっ（PuRu）：發抖貌

キャッキャッ（KyaKya）：開心談笑聲

怪了……
難道說……
這個週末……
啥？
祭針日？
札幌雪祭？
不對……是情人……
啊，是蘇民祭吧？
南魚沼市雪祭？
……你們是故意裝傻吧？明明知道吧？
當然知道啦啦啦！
2月14日情人節吧!?
わーっ

わーっ（Waa）：哇啊啊

那跟我們又沒有關係！我們沒男朋友又沒老公！
是呀！男性朋友都是在居酒屋裡的常客大叔們！
發魷魚絲給他們就可以打發了！
但。
常客？
不是有個帥哥嗎。
咦？
キラン

キラン（KiRa）：眼光一亮

人家才不要！
那傢伙只有外表好看，個性糟透了…
仗著自己年輕就瞧不起30輕熟女!!!
KEY小弟
職業模特兒
啥？
巧克力？
收到你們的巧克力也沒什麼好高興的。
他一定會那麼說！
不會啦不會，那傢伙應該沒那麼過分，
總之能夠送巧克力給超人氣帥哥模特兒，也可以讓我們體會一點情人節的感覺。
不錯不錯，就算明知一切都是假，但還是去體會一下也不錯。
雖然我討厭寒冷的冬天……

不過，有些寶石只會在寒冷季節才會遇到……
真是好久沒想起這件事了。
好……好精美啊，近年的巧克力……
你看你看，這超漂亮的，好像胸針哦。
慘了，這個還灑滿了堅果，看起來超好吃。

……
買了。
買了。
買下去了。
沒關係！搞不好14日之前就會遇到真命天子！
說不定就在下一個轉角會撞上帥哥！
你還真是樂觀！
我打算自己全吃掉。
那麼多自己全吃掉!?
因為這些看起來都很好吃啊！
每一種都想嚐嚐。
說來我們最近累積不少壓力，
工作跟戀愛都不順利…
一定要吃點甜的來消除壓力才行。
要不要現在就嚐嚐？
咦？
T&R COFFEE

買杯拿鐵去那邊的椅子吃吧。
從什麼時候開始的呢？
我開始討厭冬天。
變得不再期待情人節。
10幾歲時還每年都會買巧克力送給喜歡的男生，
曾幾何時，我們都成了大人…
戀愛跟工作上都有很多問題，不再像以前那麼單純…
啊。
下雪了…
哇！討厭!!
ぱくっ

ぱくっ（PaKu）：一口吞下貌

嗯———……
好好吃哦♡
雖然冷，但嘴裡好幸福……
現實生活總是不如意，
戀愛跟工作都不順心，
可是，
巧克力總是讓我好甜蜜。
うっとり
ぬっ
喂。
都一把年紀了，還在下雪的時候戶外吃巧克力…
是在進行遇難演習嗎？
どん
啊。
你們的人生是遇難了。
抱歉抱歉。

どん（DoN）：咚　ぬっ（Nu）：突然冒出貌　うっとり（UToRi）：陶醉貌

你又在該死的時候出現了…
個性差的帥哥……
要來一個嗎？
ピク
這是…我想配香檳一起吃。
キラン
愛喝酒
哦哦！果然內行。
那我14日買香檳來等你們。
キラン（KiRa）：眼光一亮
ピク（PiKu）：小抖動
咦？
你們不要自己全吃光哦。
再見。
……糟……我剛才有點怦然心動……
雖然很不服氣，但我也是。
能讓苦澀的日子有個那麼一天甜蜜蜜——情人節就是有這種魔力。
2月14日土
13:01
件名
SMS/MMS

東京白日夢女

おまけマンガ
附錄漫畫
タラレバの反響について 2015
關於東京白日夢女的迴響 2015
謝謝各位讀者購買本書！我是東村!!!
我兒子也長大了
日文版《東京白日夢女》第1集在2014年9月發售後…怎麼說…結果造成很大的迴響……
（現在是2015年3月）
不過我說的迴響…是這些人的迴響哦？
搞什麼啊!!
東村小姐你幹嘛啊你!!
我看了漫畫！
你啊！
你這人！
你說啊啊啊！
你說！
喪屍？
你們怎麼了？冷靜點。沒問題…一定沒問題的。
ガッ（Ga）：猛然動作貌
那是漫畫！漫畫啦!!
別擔心！你們保證可以的!!
一點都不可以!!
根本就是恐怖漫畫啊!!實在太可怕了!!
バンバン（BaNBaN）：拍書聲

單身的朋友…
你這傢伙畫這什麼鬼東西啦啊啊啊啊啊啊！
單身的女編輯們也是…
東村小姐！
你畫出這是想幹嘛啦！
太過分了！
主婦隊則是很悠哉。
不錯哦～
這會改編成連續劇吧，時代就是在等這種作品。
其中也不乏…
我雖是男人，但我也看得很沮喪……
這啥內容
嚇
你這種想法就不對啦。
隨便誰都好，我今年一定要找到人結婚…
賀年卡也來這種…
白日夢女太過分。
我今年一定要結婚。
2015
然後收到大家的LINE。
東村小姐
我們去喝吧…
這個禮拜哪一天都可以!!
我超有空的。
我也完全沒人約
理智斷線
所以就說你們這樣又要搞女子會是不行的啊——!!!
でーい（Deel）：我扔！

但我仍會去喝。
前幾天我被找去參加女諧星們的白日夢喝酒會。
大師！我們看了東京白日夢女後變得超級不安，根本睡不著啊！
MAKO
近藤
白鳥
江上
那時某節目的女導播也有參加…
美女
我啊……
嘻嘻嘻
超喜歡男人的啦!!
男~人~男~人~
我最愛…啦♡
帥哥♡
而且一直開黃腔
ベロンベロン（BeRoNBeRoN）：醉醺醺貌
我覺得她最沒辦法結婚……
被這些人陷害，結果我也喝多，醉倒在惠比壽橫丁……
呼ッ
我咳
靜靜地倒下
結果在女諧星們的攙扶下回家。
老師
MAKO跟我長很像
但我知道了!!
果然沒錯!!
女子會啊!!
真的太開心了!!
就是會喝下去!!
這是沒有辦法的啦!!
地瓜加上冰淇淋跟黑糖蜜真是太好吃呀啊啊！
所以嘛，大家啊！
真的不要太難過！
放心吧放心吧！
你們只要有酒喝就好了啊？
反過來說！
放棄某些東西也是可行的!!
不過，小心不要喝過頭哦☆

東村明子 HIGASHIMURA AKIKO

日本宮崎縣人。大學畢業後一邊工作一邊進行漫畫創作，歷經在少女、青年漫畫雜誌連載，在女性漫畫雜誌連載的育兒漫畫《媽媽是恐慌份子》結集後瞬時創下銷售百萬本佳績。作風橫跨少女到女性、寫實到搞笑，為二十一世紀以後，筆下作品最為貼近女性的愛恨情愁，涵括日本女性百態的人氣作家。二〇一〇年，以時尚界為主題《海月姬》得到第三十四回講談社漫畫賞少女部門獎，進而動畫化、電影化。二〇一五年，自傳作品《塗鴉日記》同時獲得第八回漫畫大賞和第十九回文化廳媒體藝術祭漫畫部門大賞，同年本作品《東京白日夢女》也獲得第六回anan漫畫大賞大獎，並決定於二〇一七年一月日劇化。

https://twitter.com/higashimura_a

万画系 002

東京白日夢女 02

2017年2月　初版一刷

作者	東村明子
譯者	GOZIRA　林依俐
責任編輯	林依俐
美術設計	chocolate
標準字設計	Reo
內文排版協力	高嫻霖
打字協力	林依亭
印刷	采富創意印刷有限公司
出版顧問	陳蕙慧
發行人	林依俐

青空文化有限公司
台北市中正區忠孝西路一段50號22樓之14
service@sky-highpress.com

總經銷	大和書報圖書股份有限公司
電話	02-8990-2588
定價	220元
ISBN	978-986-93883-4-4

《 Tokyo Tarareba Musume 2 》
by Akiko Higashimura
© 2015 Akiko Higashimura
All rights reserved.
Illustration by Akiko Higashimura
First published in Japan in 2015
by Kodansha Ltd., Tokyo.
Publication rights for this
Traditional Chinese edition arranged
through Kodansha Ltd., Tokyo.

你喜歡青空文化的出版物嗎？想要掌握青空文化的作品資訊嗎？
請填寫以下資料，讓我們有機會提供給你更好的閱讀體驗！

姓名：______________________　　青空之友編號：____________

性別：○男　○女　　婚姻：○已婚　○未婚

生日：西元_____年_____月_____日（若不便提供生日，請勾選以下選項）

○12歲以下 ○13～18歲 ○19～25歲 ○26～35歲 ○36～45歲 ○46～60歲 ○61歲以上

E-mail：____________________________　電話或手機：__________________

通訊地址：____

教育程度：○在學中　○高中職畢　○大學專科畢　○碩博士畢　○其他：______

◆你常買書報雜誌嗎？每個月會花多少在買書上呢？

○300元以下　○300～500元以下　○501～1000元以下　○1001元以上　○很不固定

◆出門若要帶一本書，你會帶哪一本書呢？

○我會帶這本書：________________　因為：______________________________

◆你有特別喜歡的漫畫或漫畫家嗎？或是偏好的漫畫類型？

○沒有特別喜歡的　○有的：____

◆請告訴我們，你希望今後青空文化能引進的日本作家或作品吧！

○隨便都可以　○快點給我：____

告訴我們你對書的感想，或是想跟編輯部說的話吧！
寫或畫的都沒問題，請自由發揮！

○可公開（如果你同意分享下面自由發揮內容做為發佈在青空文化FB或官網，請打勾）

讀者資料僅作為青空文化出版評估與行銷活動使用，絕不外洩。

膠帶黏貼處

廣 告 回 函
臺灣北區郵政管理局登記證
第 0 4 8 2 9 號

郵資已付 免貼郵票

10689
台北市大安區仁愛路四段107號7樓

青空文化有限公司 收

万画系002 - 東京白日夢女 2 回函

Thank you for reading! 請告訴我們你的意見吧！

1. 你是從哪裡得知這本書呢？（可複選）

○書店 ○網路 ○Facebook粉絲頁 ○親友推薦 ○其他：________

2. 你是從何處購買這本書呢？

○博客來網路書店 ○讀冊生活TAZZE ○誠品書店 ○金石堂書店 ○安利美特

○親朋好友贈送 ○其他：________

3. 這本書吸引你購買的原因是？（可複選）

○封面設計 ○對故事內容感興趣 ○等中文版很久了 ○看了日劇後很喜歡

○喜歡作者 ○喜歡譯者 ○親朋好友推薦 ○贈品 ○其他：________

4. 你比較喜歡或討厭這本書裡的哪個角色呢？為什麼？

____

5. 你會推薦這本書給親友看？為什麼？

____

要推的話，會最推哪一點？________